Patitos

Julie Murray

Abdo
CRÍAS DE ANIMALES
Kids

abdopublishing.com

Published by Abdo Kids, a division of ABDO, PO Box 398166, Minneapolis, Minnesota 55439.

Printed in the United States of America, North Mankato, Minnesota.

102017

012018

Spanish Translator: Maria Puchol

Photo Credits: iStock, Shutterstock

Production Contributors: Teddy Borth, Jennie Forsberg, Grace Hansen

Design Contributors: Christina Doffing, Candice Keimig, Dorothy Toth

Publisher's Cataloging in Publication Data

Names: Murray, Julie, author.

Title: Patitos / by Julie Murray.

Other titles: Ducklings. Spanish

Description: Minneapolis, Minnesota : Abdo Kids, 2018. | Series: Crías de animales | Includes online resources and index.

Identifiers: LCCN 2017945839 | ISBN 9781532106149 (lib.bdg.) | ISBN 9781532107245 (ebook)

Subjects: LCSH: Ducklings--Juvenile literature. | Ducks--Infancy--Juvenile literature. | Ducks--Behavior--Juvenile literature. | Spanish language materials--Juvenile literature.

Classification: DDC 598.4--dc23

LC record available at https://lccn.loc.gov/2017945839

Contenido

Patitos

Las crías de los patos se llaman patitos.

Las crías de patos **eclosionan** y nacen de huevos.

Los patitos son pequeños.

Tienen **pico**.

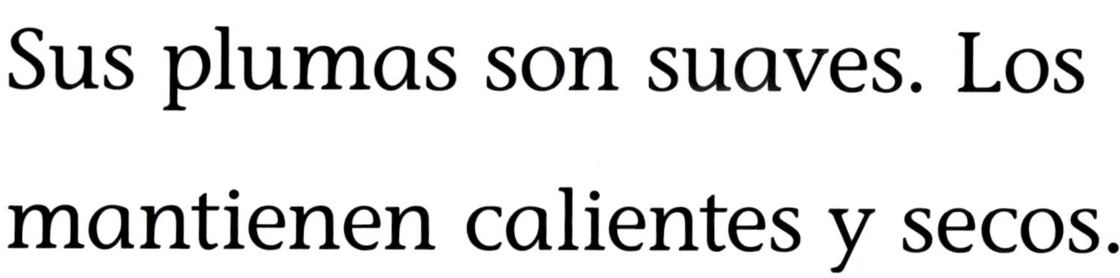

Sus plumas son suaves. Los mantienen calientes y secos.

Tienen pies **palmeados**.

Les sirven para nadar.

Su sonido parece un chillido.

Los patitos están siempre cerca de la madre. La siguen en fila.

Comen insectos y plantas.

¡Aprenden a volar muy pronto!

¡Mira cómo crece un pato ánade!

Recién nacido

un mes

4 meses

un año

Glosario

eclosionar
romper el cascarón de un huevo desde dentro para nacer.

pico
parte dura y fuerte de la boca de un pájaro.

palmeado
que los dedos de los pies estén unidos con piel.

Índice

¡Visita nuestra página **abdokids.com** y usa este código para tener acceso a juegos, manualidades, videos y mucho más!